L'Indien et le dinosaure

Marc Cantin

Illustrations de
Frédéric Pillot

Chapitre 1

Le dimanche matin, je joue.

Je joue dans ma chambre.

Papa et Maman dorment encore.

Il ne faut pas les déranger.

Je joue avec mon tyrannosaure.

Mon tyrano avance sur ma couette.

Ma couette, c'est le marécage.

Et quand ça s'enfonce,

c'est des sables mouvants.

Mon tyrano contourne la montagne.

La montagne, c'est mon oreiller.

Là, il ne peut pas grimper.

Le jour se lève, il est l'heure de manger.

« KKKRRROOOOOO ! »

hurle mon tyrano.
Dans son langage, ça veut dire :
« J'ai TRÈS faim. »
Normal, les tyrannosaures ont toujours TRÈS faim et ils mangent n'importe quoi.

Tiens, tiens, mon tyrano
vient justement
de repérer une proie...
La proie, c'est un Indien.
Il marche fièrement.
Il ne se doute de rien.

Sur la pointe
de ses grosses pattes, mon tyrano
s'approche de l'Indien.

L'Indien, c'est Papa. Je dis ça parce que Papa n'a pas voulu se lever ce matin. Il a marmonné :

– Hummm, Arthur, laisse-moi dormir... c'est dimanche... Va jouer dans ta chambre.

Et il s'est rendormi.

Papa est méchant. Et quand il est méchant, je dis que l'Indien c'est Papa.
C'est comme ça.

Ça y est, le tyrano lui court après.
Bien fait.

« KKKRRROOOOOOOO ! »

fait le tyrano.

Ça veut dire :

« Dans un instant, je t'aurai avalé. »

Chapitre 2

L'Indien s'est caché dans le marécage.
« **Sniiif ! Sniiif !** » renifle le tyrano.
L'Indien est repéré. Alors il se jette
à l'eau. Il nage vite. Aussi vite
qu'un poisson.
Mais le tyrano plonge aussi.
Ça fait une énorme vague.

C'est un raz-de-marée !

L'Indien est soulevé.

« AAAAAAAH ! » hurle-t-il.

Slourp !

Il atterrit au milieu

des sables mouvants.

Le tyrano n'a pas peur des sables mouvants. Il saute dedans.

Ça éclabousse.

L'Indien est déjà reparti. Mais il n'a plus d'endroit où se cacher... Le tyrano s'avance...

« Au secouuuurs ! »

hurle l'Indien.

Derrière l'Indien, c'est un précipice.
Le tyrano est tout près de lui...
et **CLAC !** il l'attrape entre
ses mâchoires.

Quand même, Papa,
il ne mérite pas ça.
Papa n'est pas toujours
méchant.
Surtout quand il m'emmène me
promener, aux jeux, dans la forêt,
qu'on joue à se cacher ou à s'attraper.
Non, Papa
n'est pas
méchant.
Et il est fort !

L'Indien pousse sur les mâchoires du tyrano et lui arrache quelques dents. **Han !** Il se dégage et saute à terre.

« **KKKRRROOOOOOO !** » rugit le tyrano.

– Arthur ! Fais moins de bruit ! gronde Papa dans la chambre d'à côté.

… Papa, il commence à m'énerver !

Chapitre 3

L'Indien peut bien courir, le tyrano va l'écrabouiller.

… C'est Papa qui m'a offert mon tyrano. C'était pour mon anniversaire. Il avait préparé un gros gâteau…

Il est chouette mon Papa quand il pense à moi.

L'Indien fait
demi-tour.
Il se glisse entre
les pattes du tyrano. Ce gros lourdaud
est fatigué et bien trop lent.
L'Indien a déjà grimpé
sur la montagne.
Il tire la langue au tyrano gourmand.
Le tyrano est bien attrapé.
– Tu n'auras rien à manger
aujourd'hui, je lui dis.

L'Indien est tout content.
Il fait la danse de la victoire.
Hé, hé ! il est fâché le tyrano.
Il n'aime pas qu'on se moque.

Alors il tape des pieds.

Il enrage :

– JE VAIS CASSER LA TERRE ENTIÈRE !

Mais il n'y arrive pas.
Il me regarde, les yeux suppliants.
– Allez, viens. C'est l'heure de faire la paix.
Je prends mon tyrano et mon Indien joyeux. Le dimanche matin, je joue.
Je joue dans ma chambre.
Papa et Maman dorment encore.
Il ne faut pas les déranger.
Vite, vite, il faut que je me dépêche d'aller tout leur raconter !

Fin

300, rue Léon-Joulin, 31101 Toulouse cedex 100 – France

Loi 49.956 du 16.07.1949
Dépôt légal : 2e trimestre 2000
ISBN : 2-7459-0063-3
Imprimé en France par Fournié